En avant la musique!

Lesley Sims
Illustrations d'Andrew Rowland

Comment utiliser ce livre?

Cette histoire a été écrite pour
que vous la lisiez avec votre enfant.
Vous lisez chacun votre tour :

Vous lisez ces mots.

Votre enfant lit ces mots.

À la fin du livre, aux pages 30 et 31,
quelques conseils vous aideront à guider
votre enfant dans l'apprentissage de la
lecture.

En avant la musique!

Tournez la page et commencez
à lire l'histoire.

Suzie rêve d'être dans un groupe de rock.

— Je chante!
Je danse!
Je peux venir?

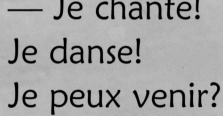

Suzie bouge et se dandine
au son de la musique.

— Je suis la reine
de la danse,

du rock et du disco!

Suzie saute sur la scène
en gesticulant.

Mais elle ne sait pas chanter.

C'est une vraie calamité!

Les autres se bouchent les oreilles.
— Suzie, s'il te plaît, arrête!

Suzie est très peinée.
Elle voulait tant chanter!

Elle verse des torrents
de larmes.

— Si je ne sais pas chanter,
je ne peux pas rester.

Mais Sam à la batterie pense
à quelque chose.

— Suzie, tape sur la canette

et cogne sur la casserole.

L'idée de Sam est magique.
Suzie a le rythme!

— Suzie, prends la
cloche d'une main

et sonne, sonne!
Tout ira bien!

Les Grizzlis sourient et disent :
— Tu peux faire partie du groupe.

Tape sur le gong doré.

Les Grizzlis sont
très contents.

21

Les jeux

Histoire en images

Regardez les images ensemble et essayez de raconter l'histoire.

1.

2.

3.

4.

5.

6.

Si tu faisais partie d'un groupe, de quel instrument aimerais-tu jouer?

Logique

Associe l'image à la bonne bulle.

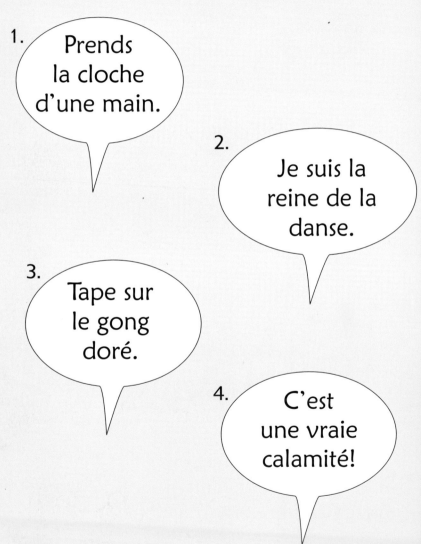

1. Prends la cloche d'une main.

2. Je suis la reine de la danse.

3. Tape sur le gong doré.

4. C'est une vraie calamité!

A

B

C

D

Cache-cache

Parmi ces éléments, lesquels sont sur l'image? Il y en a quatre.

cloche   roi

canette   casserole

poisson   coquillage

gong   bateau

Solutions

Histoire en images

Ce jeu permet de vérifier si votre enfant a bien compris l'histoire. Il peut être ensuite amusant de parler avec lui de la musique, des groupes et des instruments! Si votre enfant n'est pas sûr, essayez de lui poser quelques questions pour le guider : « Qu'est-ce que c'est? Que font-ils? ».

Logique

1. Prends la cloche d'une main. D

2. Je suis la reine de la danse. C

3. Tape sur le gong doré. A

4. C'est une vraie calamité! B

Cache-cache

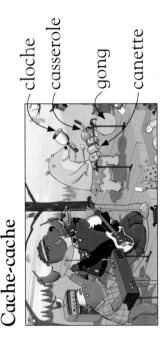

cloche

casserole

gong

canette

Conseils pour la lecture

Mon premier petit poisson est une collection spécialement mise au point pour les enfants qui apprennent à lire. Votre enfant et vous-même lisez à tour de rôle. Cette approche permet à l'enfant de renforcer ses connaissances en lecture et l'amène à lire de façon autonome. Dans *En avant la musique!*, on trouve les combinaisons de lettres suivantes :

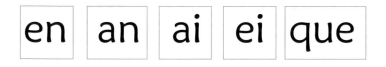

Il est important que votre enfant reconnaisse ces combinaisons de lettres et les sons auxquels elles correspondent. Il ne doit pas simplement lire les lettres individuellement.

Quelques questions et réponses

Pourquoi est-il nécessaire de lire avec son enfant?

Partager les histoires et lire à tour de rôle est un moment agréable pour l'enfant. Votre présence l'aide à gagner confiance en lui et l'encourage à persévérer. De plus, une histoire en peu de mots saura stimuler son intérêt.

Quel est le meilleur moment pour la lecture?

Choisissez un moment où vous êtes tous les deux détendus et où vous ne risquez pas d'être dérangés, afin de créer une ambiance propice à l'apprentissage. Cessez la lecture lorsque votre enfant perd de l'intérêt. Vous pourrez toujours la reprendre ultérieurement.

Que faire si mon enfant bute sur certains mots?

Encouragez votre enfant, essayez de trouver la solution ensemble. Si votre enfant fait une erreur, retournez en arrière et identifiez le bon mot ensemble. N'oubliez pas de féliciter souvent votre enfant.

Nous avons terminé. Que faire à présent?

Vous pouvez faire lire l'histoire plusieurs fois à votre enfant pour l'aider à assimiler et lui donner de plus en plus confiance en lui. Puis, quand votre enfant est prêt, vous pouvez passer à une autre histoire, selon son niveau.

Conception graphique de Russel Punter

Les Grizzlis

avec Suzie!

Catalogage avant publication de Bibliothèque et Archives Canada
Sims, Lesley
En avant la musique! / Lesley Sims ; illustrations de Andrew Rowland ;
texte français des Éditions Scholastic.

(Mon premier petit poisson)
Traduction de: Grizzly bear rock.
Niveau d'intérêt selon l'âge: Pour les 4-7 ans.
ISBN 978-1-4431-0907-9

I. Rowland, Andrew, 1962- II. Titre. III. Collection:
Mon premier petit poisson.

PZ23.S547En 2011   j823'.914   C2010-905780-5

Édition publiée par les Éditions Scholastic,
604, rue King Ouest, Toronto (Ontario) M5V 1E1,
avec la permission d'Usborne Publishing Ltd.

5 4 3 2 1   Imprimé à Singapour 46   11 12 13 14 15

Dans la collection
MON PREMIER PETIT POISSON

En avant
la musique!

Lili la vache

Dans la collection
PETIT POISSON DEVIENDRA GRAND

NIVEAU 1